Created by
Elaine Meryl Brown, Alberto Ferreras and Chrissie Hines

Book Design by
Lisa Lloyd

Character Design by
Justin Winslow of Primal Screen

ISBN: 978-0-9828167-2-1

Printed in South Korea

El Perro y El Gato

The
Dog

¡Está nevando!

It's snowing!

¡Vamos a jugar en la nieve!

¡Ponte el abrigo!

Put on your coat!

Hace mucho frío.

It's very cold.

¡Chocolate caliente, mmm...

¡Me gusta la nieve!

I love the snow!

¡Yupi, llegó
el invierno!

Yippee!
Winter's here!

El perro **(el PEH-ro)**

Y **(ee)**

El gato **(el GAH-toh)**

Chocolate caliente **(choh-koh-LAH-tay kah-lee-EN-tay)**

Nevando **(nay-BAHN-doh)**

El abrigo **(el ah-BREE-goh)**

Frío **(FREE-oh)**

La nieve **(la nee-EH-vay)**

El invierno **(el in-bee-AIR-noh)**

Dog **(dag)**

And **(end)**

Cat **(kat)**

Hot chocolate **(jat CHA-klet)**

Snowing **(SNO-wing)**

Coat **(kout)**

Cold **(kold)**

Snow **(sno)**

Winter **(WIN-ter)**